逆さ歌おばあちゃん
九十三歳
「人生これからだワ！」

中田芳子

80歳を超えて、「逆さ歌」のYouTube動画撮影をスタート
以来60本以上の動画で「逆さ歌」を歌い上げた

今も現役バリバリのピアノ教師
生徒と一緒に楽しく♪

90歳で逆さ歌初リサイタル

〈逆さ歌を楽しく御披露目中〉

回文を今日も楽しく考える

93歳になっても
毎日やっているスクワット

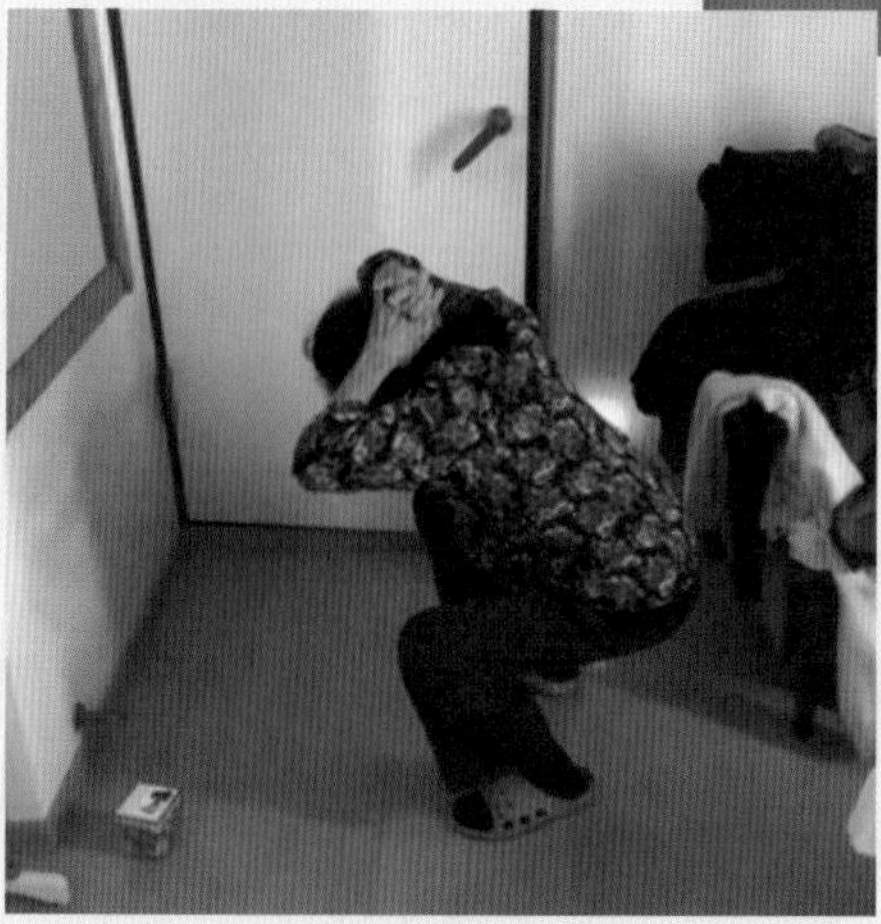

元気の源はこれ
1日10回やってみてくださいね

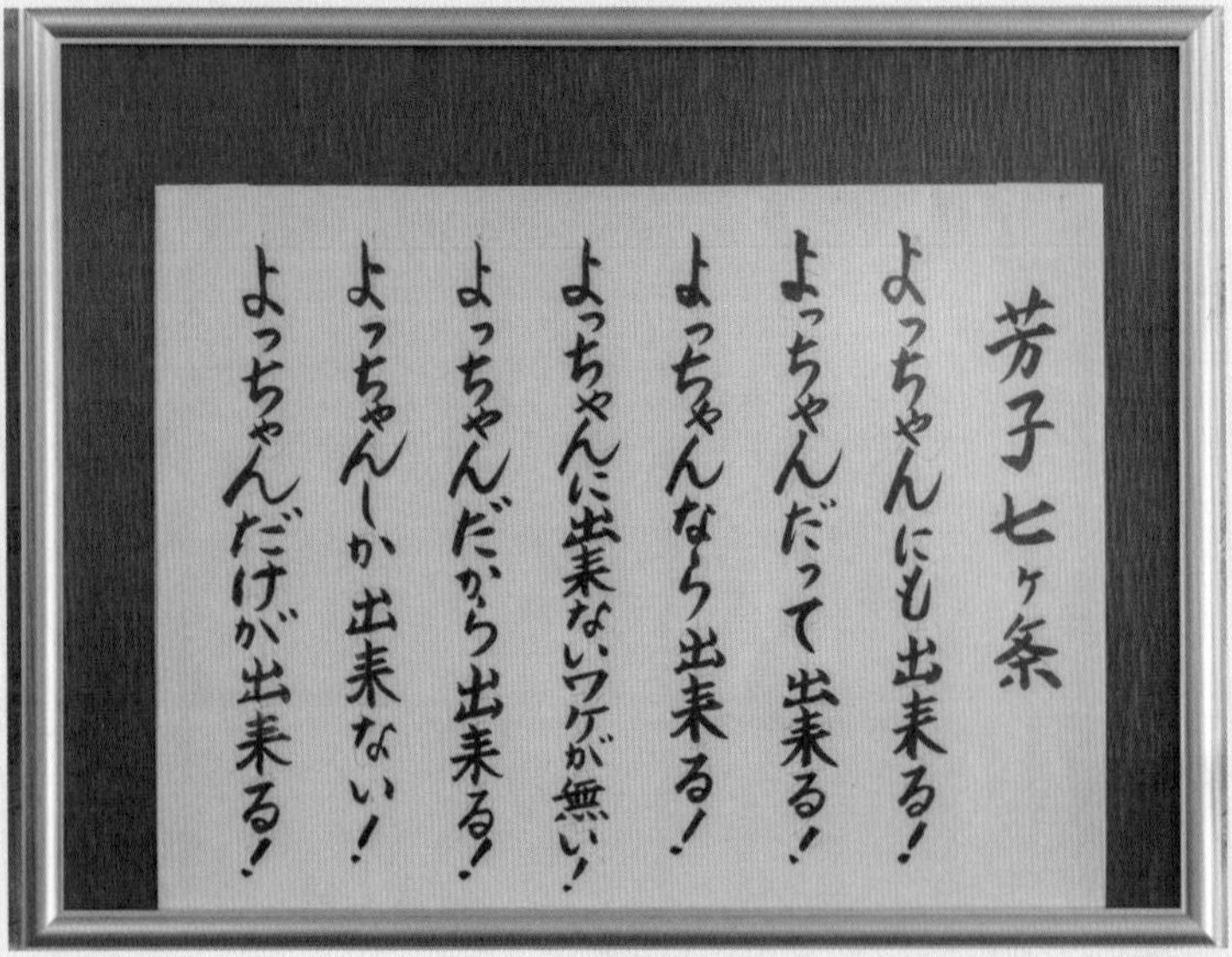
芳子七ヶ条
よっちゃんにも出来る！
よっちゃんだって出来る！
よっちゃんなら出来る！
よっちゃんに出来ないワケが無い！
よっちゃんだから出来る！
よっちゃんしか出来ない！
よっちゃんだけが出来る！

毎朝みて、エネルギーを注入
今日も楽しくなる

逆さ歌おばあちゃん
九十三歳
「人生これからだワ！」

編集者前書き

日本は少子高齢化社会と言われて久しいです。

そして、世界一位の長寿国です。

そうした社会背景から、七十歳以上の方が書くエッセイが多くのシニアに影響を与えています。

同時に健康書も六十代〜七十代向けのものがベストセラーになっています。

世の中に求められているこういったコンテンツを考えていた時、いつも楽しく前向きだった中田芳子先生の顔が浮かびました。

「ピアノを習っていた小学生の時に、先生は六十代で、自分が今三十代後半…。ということはご健在であれば、今は九十代かな。とにかく明るい先生だったから、きっとシニアの未来を明るくする本が書けるはず……」

と考え、ネットで検索をしました。

中田先生は『日本全国 ご当地回文』（太田出版）という著作も出されており、またテレビで話題の「逆さ歌」の名人になっていました。

逆さ歌とは、歌詞を逆から歌うもので、逆再生すると正規の音楽が流れるという人間離れした技です。

約八年前のYouTubeで逆さ歌を収録している

アカウントで、きゃりーぱみゅぱみゅの歌や、AKB48の歌、漫画『鬼滅の刃』の主題歌を逆さ歌で歌っている動画を見つけ、変わらぬ先生のバイタリティを感じました。

「中田先生ならシニアの皆さんを元気に出来るゾ！」と思い、早速アポを取り、本書を執筆頂くことになったのです。

ただ、取材して話したり、メールしたりしているうちに、明るく前向きに何でもやってしまう先生とは裏腹に、日々「死に抱く恐怖」を抱えておられることを知りました。

前向きに取り組めることは何でもする、それを体現しているのが先生で、九十歳をこえても地域の小学生にピアノを教えたり、YouTubeの撮影を行っている反面、死んでしまったら「周りの大切な人たちと永遠に会えなくなってしまう」、そんな恐怖と向き合って生きている。それを書いておきたいというのです。

楽しいだけでなく、深刻な面も合わせ持つのが人間のはず。

それこそが長寿層のリアリティなのではないか？

そして、そこにフォーカスされたシニアエッセイは今まで見たことがなく、死ぬ間際まで死ぬことを恐れながら前向きに「生ききりたい」、そして「生ききるため」の本こそが、死を現実として捉える世代に必要なのでは？　と考えるようになりました。

本書のプロローグでは中田芳子先生が、メディアに出るきっかけになった「回文」を始めたいきさつと、回文を音楽とミックスさせた「逆さ歌」がどのように生まれたのかが、書かれています。

そのテーマは「還暦から人生は花開く」

人生１００年時代と言われ、「どう働くか」「どう生きるか」が声高に叫ばれるようになりました。

そこで重要なのは、自分が楽しいと感じるものをつきつめていくことではないでしょうか？

世間的にはクリエイティビティは若い時に発揮されると考えられがちですが、中田先生は「還暦から花開くものもある」ということを示してくれています。

人生100年時代に向けて還暦から人生をソフトランディングさせることに目を向けるのではなく、そこからテイクオフすることを大事にしているのです。

年金が入ってきて、しっかり働かなくても日々の暮らしは何とかなるのであれば、定年後の暮らしには時間的余裕が生まれるはず。

その時間を使って人生二度目のテイクオフをしてみないか？　というのがプロローグ。

本題のテーマは、「死とどう向き合うか＝一日一日を本気で生きること」です。中田先生は満州事変が起きた一九三一年、十人きょうだいの六番目として台湾で生まれました。

米軍機の爆撃がたびたび台北を襲う中、身近な人々を次々に亡くしました。台湾にも特攻隊員の部隊が展開されることとなり、中田先生も特攻隊員との交流が生まれました。

親しくなっていく中、沖縄から距離の近い台湾の基地からも、若い隊員の方々が特攻隊として飛び立っていったのです。

そういったものを見続けた中田先生だからかもしれませんが、ご本人が強く希望した、死と強く向き合うことで、目の前の時間・場所を大切にする、つまり「生きる」という内容が展開します。

中田先生が九十歳を越えても、メディアに出演したり、本を出版出来るのは、確かに好きなことを五十代で見つけたからなのかもしれませんが、それだけではありません。

一日一日を生ききってきたからです。科学的根拠はありませんが、だからこそ楽しく長生きしている姿があるのかと感じています。

本書で中田先生は、九十三歳にして毎日向き合う「怖い」死について、ご自身のいくつかの「死」の体験を通して真剣に論じて下さいました。

しかし、その筆致は前向きで、どこか温かくユーモラス。

きっと読者の皆さんが、引き込まれることまちがいなし！

そして、ここからご自身の人生１００年時代を前向きに考えて頂けたら幸甚です。

本書は還暦過ぎの方に向けて、書いて頂いたのですが、私のような若い世代をも惹きつける一冊となりました。

アラ還から花開く人生－逆さ歌おばあちゃんのイキイキ活動記録

年齢	出来事
58歳	新聞の投稿欄に、回文を投稿し始める
59歳	サンリオの依頼を受け、『ケロケロけろっぴの回文カルタ』を出版
60歳	回文でテレビ番組のオーディションに落ち、逆回転で歌うことをすすめられ、逆さ歌に挑戦を始める
73歳	習志野タウン誌「KIRACO」にエッセイを連載開始。現在も継続
74歳	台湾花蓮の特攻基地訪問。ドキュメンタリー番組として密着取材
76歳	『日本全国ご当地回文』（太田出版）を出版
82歳	『十四歳の夏』（メディアパル）を出版
83歳	YouTubeで逆さ歌配信開始
90歳	念願の「逆さ歌」初ライブ
91歳	オーディション番組「Japan's Got Talent」出場。準決勝進出
92歳	NHK番組「眠れない貴女へ」に出演 台湾で講演－「湾生 中田芳子に聞く　統治時代の思い出」
93歳	『逆さ歌おばあちゃん 九十三歳「人生これからだワ！」』（自由国民社）を出版 『十四歳の夏』の中国語翻訳版が商周出版から世界各国に発売予定

プロローグ

還暦から人生は花開く！好きなこと一辺倒で生きる

プロローグ

好きなことをやり続ける、命ある限り
―「回文事始め」

《回文》は私にとって、幼い頃からごく身近な言葉遊びの一つとして身についていました。

なんせ我が家は兄弟姉妹十人という大家族です。

昭和の初期にはどこの家族も子沢山。

育ち盛りには上の子が幼いきょうだいの面倒を見、遊び相手になってやる。それは当然のありかたでしたし、むしろその方が子供としてはお気軽で楽しかったのです。

いろんな意味で刺激を受け、教えられることも少なくありませんでした。

ことに私の場合は一回り近くも年上だった次兄からの影響が大きかったと思います。

とにかく大の《駄洒落《だじゃれ》》好き。

私（芳子）を呼ぶにも
「おーいオシッコ！」なのです。

《逆さ言葉＝回文》もこのユーモラスな兄が日常的に使っては面白がっていたことから、何時からともなく身についていったのではないかと思います。

私自身まだ小学校にも行ってない頃から弟政男の名前を捩《もじ》って「マサオサマ」とか、母キクヨには、

「お母さんの名前おクスリみたいね。ヨクキクヨ（＝よく効くよ）だもんね」などと、一人悦に入っていたらしいのです。

そんな私が長じて後、再び回文に向き合うこととなったのは、一九八〇年代の終わり頃。還暦を迎える少し前のことでした。

実はその頃、同居していた息子夫婦に待望の初孫が出来て、その可愛さにメロメロの私だったのですが、なんと、インフルエンザに罹ってしまい、どっと寝込んでしまったのです。

高熱の日々が続きました。

常日頃からハキハキしたもの言いをするお嫁さんが宣《のたま》うには、

「おばあちゃま、赤ちゃんは生後六ヵ月以内に風邪を引かせたらそれは母親の責任なんだそうですよ。うつされては困ります。完全に治るまではお部屋から出ないで下さいね！」

ピシャッと言われてしまいました。

間もなく熱は少し下がりましたが、お許しはナカナカ降りそうにありません。

もともと活動的でじっとしているのが苦手な私としては、これ以上の地獄はなく、その退屈さにベッドの上でモンドリ打つような辛い時間が流れ続けました…。

仕方なく朝届いてさっと目を通しただけの新聞を、今度は隅々まで退屈凌ぎに読んでいたのです。

そんな中で目に付いたのが地方版の《千葉笑い》という囲み欄でした。

そこには読者の投稿による色々なジャンルの笑文芸が掲載されていて、その中の一つが《回文》だったのです。

ところがそこに掲載されていたのはごく短いものばかり。

「だったら私も作って出してみようかなあ」

それからは今までの地獄の退屈時間はどこへやら。続けざまに三、四個作って、それを早速投稿

したのです。

お料理レシピ

・滑らかに卵のソース落とし飯とお酢をその後また煮絡めな

ナメラカニタマゴノソオストシメシトオスヲソノゴマタニカラメナ

政治家

・総理は辞めるまで臭い選挙、預金政策でまるめ、やはり嘘

ソウリハヤメルマデクサイセンキヨヨキンセイサクデマルメヤハリウソ

湯の旅

・飛騨の夕景色にみとれ、彼と見に来し今日、湯の旅

ヒタノユウケシキニミトレカレトミニキシケウユノタヒ

ざっとこんな感じでした。

絶対どれかは採用されるに決まってる！　そこそこの自信もありましたから、私は次の週の掲載日を楽しみに待っていたのです。

ところが…目を皿のようにしてみても、私の名前はない！　見事ボツなのでした。

少々落ち込みはしましたが、少しだけでも脳みそを使ったことで、自分でもサッパリしたものか、何とか気を取り直しかけていたその時です。

電話のベルが鳴って、受話器を取ると、聞き覚えのない男性の声。

「こちら朝日新聞の京葉支局のものですが、《野ばら》という、これ、ペンネームだと思うのですが、この方今、ご在宅でしょうか？」

「はあ？」……。思い出しました！

《中田芳子》でなく、自分の主宰する音楽教室の名前から、《野ばら》というペンネームで投稿していたことを。

「はい、わたくしですけど？」

すると向こうは何故か一瞬戸惑った様子。

しばしの沈黙のあと、

「…回文を投稿なさいましたよね」

「はい、三個ほど出させてもらいましたが、ボツだったようで…」

半分笑いながらそう言うと、向こうはまだ納得しかねるといった口調で、

「失礼ですが、あなたは何か理科系のお仕事をなさっておいでで？」

「いえ、家で子供向けの小さな音楽教室をやっていますけど、普段は普通の主婦でして…」

何故か相手はそのあとも「腑に落ちない…」といった態でしたが、事の次第をポツポツ話して下さったのです。

「実はあなたの回文に支局ではみんな驚いてましてね。これだけのものを作れるのは、理科系の頭を持った人に違いない。それも《男性》だと。

普段からこういうの作っておいでなのですか？　ただ、このコーナーはご存じのようにスペースがあまりありません。長いのはちょっと無理なのです。次回からはもう少し短いものを作って是非また投稿して下さいね」

あとで知ったことだったのですが、このお電話のお声の主は高名な演芸評論家でいらした故《小島貞二先生》だったのです。

まさかそんな立派な方がお電話下さるなどとは思いもしませんでした。

それからの十数年間、私の回文人生は自分で言うのもナンですが、煌《きら》びやかな道を歩かせて頂けて、その後「朝日新聞千葉版」に掲載された数も五十回を下りませんでした。

今も私の教室には当時頂いた朝日新聞社からの「天賞」の盾とか「年間最優秀賞」の額入りの薔薇のアートが飾ってあります。

小島先生には特に目をかけて頂き、折に触れ、細やかなご指導を仰いでいました。

あの不朽の名講談師、田辺一鶴師匠とご一緒させて頂き、上野の本牧亭で「回文講座、《暗い浮世もサカサに見れば》」を、お話させて頂けたのも小島先生のお力添えあったればこそ、だったのです。

それから数年が経ち、七十五歳を迎えた私は《百年人生の四分の三》というこの区切り目を機に回文の本を出版することを思い立ちます。

初めは出版社の当てもなかったので、自費出版も視野に入れ、取り敢えず自分のホームページに少しずつ書き溜めて載せていくことにしました。

内容は日本中の「市」の名を一つ残らず回文にする、という一風変わったものでしたが、作り始めるとだんだん面白くなっていって、深夜、家中が寝静まってからもパソコンに向き合う日が続きました。

結局日本全国の八百近い数の市をすべて回文として作り上げたのは半年後の二〇〇八年の春でした。

市、としては最南端の《宮古島》を作り上げた日の感激は今も忘れられない強烈な思い出です。

丁度その頃、高校の同窓会が鹿児島の川内市で行われることになっていました。連日の回文作成で少し疲れ気味でしたが気分転換になるかも…と思い、おヨメさんに、お伺い（？）を立ててみたのです。

いつもそうなのですが、うちのおヨメさんは《方角》（＝旅先などの）にとても詳しく、それまでにも、どこかに出かけるたびに占ってもらっていました。

いつの場合もちょっとした難点があったりして、「今度は止めといた方がいいかもしれませんよ。どうしても行かれるんだったら、よほど気を付けないと…」などと、アドバイスをもらっていたのですが、何故かその時ばかりは、

「今回は方角的にもすごくいい卦《け》が出てますよ。大丈夫、元気出して行ってらっしゃい」

そう太鼓判を押してくれたのです。

人間そう言われると安堵感が湧くもので、本当にその時の旅は終始快調、回文作りの疲れも瞬時に吹き飛んだ感じなのでした。

帰宅したその夜、何気にパソコンを開いてみると、何やらあまり見覚えのないアドレスの、新着メールが入っています。

なんと嬉しいことに、《太田出版》さんから《回文の本出版》のお声がけのメールが！

その後、太田出版とは、構成や、中身についてもアドバイスを頂きながら試行錯誤を重ねていきました。

そのうち、「各都道府県ごとに《回文の四コマ漫画》を付けてみてはどうでしょう?」とのご提案があり、プロの漫画家さんが四十七個もの四コマ漫画を作って下さることに。

そうなると当然吹き出しの言葉もすべて回文で、ということになります。

大分県大分市
・今朝大分でめでたい大酒
ケサオオイタデメデタイオオサケ

岩手県一関市
・名は種々一関。背の小さく咲く花
ナハクサクサイチノセキセノチイサクサクハナ

石川県　輪島市
・マジ、私行こう！恋した輪島
マジワタシイコウコイシタワジマ

脳をフル回転、という日がその後延々と続くことになりました。

でも、それが楽しくて連日メモ帳片手に逆さ言葉をブツブツ呟いていたのです。


こうして私の本、『日本全国ご当地回文』が遂に完成！

晴れて発売に漕ぎつけたその日のことは、今も鮮やかに浮かんで来ます。

編集者と、店頭に本を並べて頂いている書店を、ご挨拶を兼ねて順に回った日の、天にも昇るようだった、晴れがましい思い出…。

私の記憶に鮮明に残されています。

プロローグ

「落選」から生まれた逆さ歌が生きがいに

二〇二三年私はAbemaTVと吉本興業が運営した「Japan's Got Talent（ジャパンズ・ゴット・タレント）」に出場しました。

審査員はダウンタウンの浜田雅功さんや、俳優の山田孝之さん、ミュージシャンのGACKTさんに女優の広瀬アリスさんが務められました。

オーディション参加者は審査員の心をつかむパフォーマンスを行い、無事審査を通過すると、最終決戦では視聴者による投票が行われ、その投票をもって優勝者を決定する仕組みの番組です。

私がそれを知ったきっかけは昨年夏、あるマスコミ関係の方から、

「今、こういう企画が進められていて、全国に応募を呼びかけているらしいですよ。中田さん如何ですか？」

と声をかけられたのが始まりでした。


「何？　それ！」

途端に私持ち前の《好奇心》に火が付いてしまったのです。


ついでに言えばもう一つ厄介なのが私の空想癖、なのです。

ひたすら自分にいいように想像を拡げ、独り悦に入るという、おめでたい人なのでした。

…ですぐ好奇心にまかせて行動してしまう。

とにかく好奇心満々の私にとっては絶好の見もの、なのでした。

そんな風に半分お楽しみ気分でやって来て、気が付いたらいつの間にか私は《準決勝》まで漕ぎつけていたのです。

私はこの番組で、逆さ歌を披露しました。


理由は二つ。

一つはずっと音楽が好きで音楽教室を開き、九十歳を越えても、小学生にピアノを教えてきました。だからその音楽のコンテンツで華々しい世界に向けて自分の持っているものを発信したかったのです。

広瀬アリスさんから、

「何故、出場しようと思ったんですか?」

と聞かれた際、

「長年音楽に携わってきましたので、最後の締めくくりとして、やはりこういう素敵なところで歌ってみたいなと思ったのがきっかけです」

と答えました。


想いはシンプルでよく、やりたいことをして生ききりたい。

それが私の信条。

一三〇〇人の聴衆がいる舞台でもすんなりとこの言葉が出ました。


もう一つ。

この逆さ歌が生まれたのは映像メディアの王様である、テレビ番組がきっかけだったのです。

あるテレビ局の番組で「変わったことをする女性」を紹介するコンテストがありました。そこで前項に書いた回文を披露しました。

しかし、結果は落選。

そのコンテストの一等賞は「ハワイ旅行」。

絶対にハワイに行こう！　そう思って臨んだものですから、落選の結果は非常に残念でした。

他の出演者はキックボクサーとか、アイスクリームの早食いチャンピオンとか、いかにもカメラ映えする人たちでした。

回文はそれらに比べると地味なのかもしれませんね。

ただその際、担当者の方から提案を頂きました。

「音楽の先生なら回文と音楽をミックスさせて、逆再生で歌うことは出来ませんか？」と言われたのです。

内心、「難しいかも」と思ったのですが、「はい、出来ます」と即答しました。

次のコンテストまでには三日間しかなかったのですが、一所懸命練習し、一等を取り、ハワイ旅行を勝ち取ることが出来たのです。

それ以来私はこの逆さ歌を軸に、人生を歩んできました。

「前向きに生きる」私のモットーを体現する逆さ歌で「Japan's Got Talent」に出場することは当然のことでした。

さて、結果ですが、《決勝進出候補者八名》までに残ったものの、決勝には進めませんでした。

応募から出場まで半年近く頑張ってきたＪＧＴでしたが、今思い返すと長い人生の中でもトップクラスと言えるくらいの楽しいイベントでした。

この先、またこんなチャンスがあったら性懲りもなく「何それ？」と食いつき応募するに違いありません（笑）。

たとえ100歳を越えていたとしても。

本題

《メメント・モリ》考

● 死を想え！ この世の狭さを目にしつつ
「《死》に目を覚ませ」の、世の声も多し

シヲオモエコノヨノセマサヲメニシツツシニメヲサマセノヨノコエモオオシ

今日を生きる・・・・

《メメント・モリ…》

私が初めてこの言葉を知ったのは還暦過ぎ…。

つまり今から三十年近くも昔のことでしたが、皆さんは《メメント・モリ》って何のことだかご存じでしたでしょうか?

この一語を巡ってこれから私が書こうとするテーマ、それはなんと、《死》…なのです。

還暦といえば…私自身、それまで、色々なことに振り回されて来た。子育ては勿論のこと、職場での気配り、親戚きょうだい付き合い、何かと面倒な隣近所への気遣いなど。

若い頃はそれらを真っ向から受け止め、落ち込んだり、胸を痛めたりしがちなものなのです。

私はといえば、やはり何を始めるにも周りの顔色を窺《うかが》い、必要以上に気を遣って来た。そんな情けない日々でした。

今にして思えば、ただの《ええカッコしい》だったのかもしれませんが。

誰からも愛されたいという、狡《ずる》い願望が無意識のうちに蔓延《はびこ》っていたのかもしれません。

ところがそれが還暦世代に足を踏み入れた途端…。ふてぶてしく変貌してきている自分にふと気付いたのです。

驚きでした。

朝、ベッドで目を覚ます、その瞬間、身体中から突き上げる雄叫び？　いえ、これは誇張でも何でもありません。

「私の人生、こんなもんで終わらせてたまるか！」

まさに野獣の遠吠え？　なのでした。

もういい加減、人に阿《おもね》るのは止めよう！　もっと自分の人生を大事にしなければ、と。

それまでは、《何かの折》そう、いざという時にはお世話にならなければならない

人たちなのだから、敵に回してはならない。

そう心に言い聞かせながら、出来るだけ《いい子》を装ってずっと生きて来た私だったのです。

それがアラ還を境に突然の変貌でした！　今思うとあの頃の開き直った自分の勢いに笑ってしまうのですが、むしろ拍手を送りたい気分だし、これを読んで下さっているアラ還の皆さんにもここで一発《檄《げき》》を飛ばしておきたい！

この先、ウダウダ過ごしても九十代はあっという間にやってきます。

この先もご自身で、トコトン納得の行く生き方を探して下さい。

気が付いたらテレビの前でお煎餅齧《かじ》りながら夕食の時間を迎えちゃった、そんなウダウダおばあちゃん。…なんてこと、決してあってはなりません！

さて、ここでまた振り出しの《メメント・モリ》に戻って。

アラ還当時の私といえば、自宅での音楽教室という仕事も順調。属していたヤマハでの研修にも積極的に参加するなど、充実感に満ちた日々を送っていました。

そんなある日、友人のアルト歌手の方から、

「中田さん、目の不自由なバイオリニストが最近デビューなさったんだけど、本を一冊、読んであげて下さらない？」

と声をかけられたのです。

聞けば次回のリサイタルでベートーヴェンの「クロイツェルソナタ」を弾くことになり、今取り組んでいらっしゃるのだとか…。

「でもね、同じ題名の小説をトルストイが書いているってことを知って、それを是非

読んでみたいとおっしゃるの。朗読して、それをテープに入れて頂きたいの」

こうして私は目の不自由な青年バイオリニスト《川畠成道さん》を紹介されたのです。

最初はただそんな流れで始まったのでしたが、その後も朗読は延々と続き、吹き込んでお送りしたテープは二百本余にも…。

彼の凛とした透明なバイオリンの音色に完全に魅せられ、心を奪われた私なのでした。

当時はまだ録音は、テープが主役という《アナログ時代》でしたから、その後デジタル化が進みＣＤにとって代わるまで、この《声のお便り》は十年以上も続きました。

以来今日《こんにち》に至るまで四半世紀。

しかもカーネギーホールを筆頭に、ロンドンやハワイまでも、ついて回ることに。

そう、いわば《追っかけ》…?というワケなのです。

そんな彼に、私は音楽だけでなく、人間として生きる上での、広い視野をも持ってほしかった。

ですから、芥川賞の文学作品は勿論のこと、ちょっと世間を騒がせた週刊誌の記事なども、次々と読んではお届けしていたのです。

そんな中、たまたま目にした五木寛之の恋愛小説『レッスン』(幻冬舎)。

これがあまりにも私好みの、哀愁漂うロマンティックな流れの作品だったものですから、独断と偏見もいいとこ、半ば押し付け気味にお送りしたのです。

主人公は三十代の若手モーター・ジャーナリスト、ツトム君。

その青年が佐伯伽耶《かや》という、謎めいた、魅力的な年上のキャリアウーマンと出会い、忽ちその虜《とりこ》になってしまう…。

やがて二人は互いの思いを確かめ合うかのように、伽耶の仕事先でもあるフィレンツェへと旅立つことに。

つまり、ツトム君は年上の彼女から、いわば一人前の男、としての《レッスン》を受けようとする…そんなあらすじなのです。

これがまた、何とも美しい筆の運びで描かれていて、フィレンツェの街並を背景に二人が交わす悩ましげな言葉のやりとり。

とはいえ、燃え上がるツトム君の心情とは裏腹に何時も冷静、常にリードの立ち位置を保ち続ける伽耶なのです。

その山場ともいえるシーンで、伽耶の口から唐突に発せられるのが《メメント・モリ＝死を想え！》という一語…。

あとで知ったのですが、それはイタリアではもう常識と言っていいほど知れ渡った諺なのだそうで、その語源は中世に遡《さかのぼ》り、《人間は自分がいつかは必ず死ぬということを、夢忘るること勿れ。いかなる日々もその一語を肝に銘じつつ生きるべし》。そういった深い意味を持つラテン語なのだとか。

実はこの小説については《通俗的な作品》と批評する評論家もいたようで、この《メメント・モリ》なる一語に対しては勿論のこと、この小説を巡ってそれほど好意的な話題が飛び交うこともなかったようなのです。

でも私にはそうは思えなかった。

五木寛之がこの『レッスン』という作品に込めたかったのは、ただ一つ《メメント・モリ=死を想え》というこの一語への、深い執着があったからではなかったか？

そして恐らく彼自身、日々《死》を意識しつつ生きて来たからこそ書きたかった小説だったのではなかったか？　と。

実はそれ以前、同じ五木寛之の自伝的作品『大河の一滴』（幻冬舎）という単行本も川畠成道さんに読んで差し上げていたのですが、そこに描かれていたのは多感な中学生時代、家族と共に海外から引き揚げて来た彼が、敗戦国民としての立場で受けた屈辱的な体験でした。


五木寛之は私と同年齢です。

しかも私自身も海外からの引き揚げ者。

そういう共通点もあって、私には彼の中に凝縮された思いが直に伝わるように思えてならなかったのです。

《メメント・モリ》

その一語が齎《もたら》す《言霊《ことだま》》とでも言いたいような響き…。

でも、何故かその時点では私自身《死》そのものについて、それほどまでに《恐怖》とか《拒絶感》を覚えることはありませんでした。

死に日々直面していた戦争世代

死に恐怖感がないのは、何故なのか？
実は私、当時すでに《死》は心の淵に常に付着していましたから。

敢えて言うなら、それまでもずっと死を思わぬ日はなかった！
こんなことを言うと「え？　中田さん、自殺願望がおありだったの？」と身を乗り出して聞かれそうですが、全く逆でして。

むしろ《死ぬのが怖い！》。だからこそ日々意識せずにはいられなかったというのが本音なのです。

幼い頃、アメーバ赤痢という疫病に幾度となく取りつかれ、《恐らくこの子は二十歳までは生きられないだろう》と、お医者にも見放されかけて育った、そんな私でしたから。

大人たちが声を潜《ひそ》めて話しているのを偶然聞いてしまったのです。

何の知識もない幼い子供にとって《死》という言葉がどんなに不気味で怖ろしいものだったか！


しかもその直後、私は実際に死別の悲しみを知ることになるのです。

その頃…確か四、五歳くらいだったと思います。

父親の遠縁に当たる男の子が、家の近くに下宿して師範学校に通っていましたが、夕方になると、ふらりとやって来ては我が家の自転車…子供を乗せるための小さな椅子が前に付いた…それに私を乗せ、家の周りをグルグル回って遊んでくれるのです。もともと身体の弱い少年で、それまでにもサナトリウム（結核の隔離病棟）に入っていたこともあったようでした。

私の歳近《としぢか》の姉二人もお兄ちゃんが大好きで、その自転車に乗せてもらいたくて、家の前で待っていたらしいのですが、お兄ちゃん（ケンちゃんと呼んでいました）は、何故か「よっちゃん乗りなさい」と名指しで私を乗せ、夕暮れの台北の街をゆっくりペダルを踏みながら回ってくれるのです。

そんな彼が再び結核で入院。しばらく姿を見せなくなりました。

ところがある日のこと、黒い着物を着た母が外出先から帰ってきて、お座敷でその喪服を脱ぎながら、しきりに涙を拭っているのです。

「かわいそうに…ケンちゃん死ぬ間際まで《よっちゃんにキャラメル買ってあげるんだから、五銭頂戴》って、泣きながらねだってたんだって」

本当に不思議でならないのですが、あれからもう八十五年も経つというのに、私にはその時の母の表情、床の間に差し込んでいた夕暮れの淡い陽の光、そこまでハッキリと思い浮かぶのです。

《死ぬ》とはどういうことなのか…。
具体的には分からなくても、幼いながらその喪失感だけは根付いていった。
暗い闇の向こうの、どろどろした世界に吸いこまれてしまったケン兄ちゃん。
もう二度と自転車には乗せてもらえない…。

その後成長して、再び直面した衝撃的な《死別》の悲しみ。
その一部始終は十年前に出版した『十四歳の夏』（メディアパル）という本にも書きましたが、戦時中、特攻隊として出撃、その二十歳《はたち》前後のうら若い生命を沖縄に散らせた青年たちとの交流…。

それも生まれ育った台湾でのことでしたが、女学校の二年、今でいえば中二の春でした。出撃を目前に控えた特攻隊員たちが、近くの料亭に宿泊していたのです。

その数二十人あまり。

私は毎日のようにその料亭に遊びに行っていたのですが、隊員たちにしてみれば丁度妹のような年恰好。

遥か遠い北海道とか東北を故郷とする彼らには、台湾という《外地》で育った野放図なお転婆娘が珍しくもあり、その触れ合いの中で、懐かしい家族の面影を偲んでいたのではなかったか、そのように思えてならないのです。

その頃すでに、日本の戦況は悪化の一途を辿っていました。

特攻の出撃命令を受け飛び立とうにも、なんせその肝心かなめの飛行機そのものがない、そんな状況だったのです。


日本本土から送られてくる戦闘機《隼＝はやぶさ》を待つ。

それがいつ届くのか上層部にも分からない。

ひたすら待ち続けるだけ。

しかも届いたあかつきにはその瞬間から、特攻指名された隊員たちは《死》に向かっての一歩を踏み出さねばならない。

行動を開始しなければならない。

そういう過酷な日々を過ごしていた彼らの日常。それをつぶさに見て来た私でした。


いずれは訪れるであろう別れの時。

一緒にいても、その思いは常に付き纏っていました。

でも、それをお互い口に出すことは勿論ありません。

《さよなら》は明日かもしれないし、一ヵ月先かもしれない。

私たちはよくトランプや花札に打ち興じていましたがその間、笑い声も絶えなかった。「あの時、彼らの中に流れていた本当の思いは何だったのだろう…」と、改めて今、胸痛む思いに囚われている私なのです。


彼らが出撃していったのは、台北駅から汽車で二時間ほどの《花蓮港《かれんこう》》という空港でした。

「よっちゃん、僕らが行く飛行場はね、《かえれんこう》っていうんだよ」

「♪帰りたくても帰れんこう」

と、節を付けながらそんなことを言うのです。更に、

「本当はトラックで行きたいところだけど、道がひどいデコボコでね〜。流産するといけないからそれで汽車で行くのさ」

などとジョークを飛ばすのです。

そこには確かに諦観（＝諦め）もあったかもしれません。

思うに、彼らは一人ではなく、運命を共にする仲間がいた。

それが彼らを何とか支えていた。そうとしか考えられません。


それにしても彼らの精神力の強さ！

いくら当時の教育が軍国主義を貫いていたとはいえ、現代の若者には想像すら出来そうもないその力が不思議でならないのです。

私の見た限りでは一人としてその立場を嘆いたり、塞ぎ込んだりする隊員はいなかった。


その中でもひと際《きわ》年若く、うっすらホッペが赤い、いかにも雪国育ちといった感じの隊員がいて、ある日、

「芳ちゃん、
いつか内地に帰ることがあったら、俺のマフラーとか寄せ書きのハンカチをおふくろに届けてくれないかなあ」

そういうのです。

実はその子は他の隊員たちに比べ歳が若かっただけでなく、位も一番下の伍長さん。

「この人が出撃するワケがない」

前々からそんな気がしていたのでその時も深く考えもせず、何気に、

「うん、いいよ」

と、その遺稿ともいうべき短歌の記されたハンカチや愛用していたマフラーを受け取ったのでした。

飛行機が届いたという知らせを耳にしたのは、それから間もなくのことです。四機でした…。

その日以来料亭の中は、まるで凍り付いたような重い空気が漂い始めていました。それまでとはまるで違った息苦しさ。

でも、今にして思えばそれは出撃に指名された隊員ではなく、むしろそれを見送る側の戦友たち、更には料亭の世話係のおばさんや、板場のお兄さんから漂っていました。

今までとはまるで違って口数も少なく、ただ日常の仕事を何とかこなしている…そんな気配が、中二の私にもひしひしと伝わるのです。

あの赤いホッペの伍長さんを交えた四機が沖縄に向けて飛び立ったのはそれから間もなくのことでした。

まさか！

血の気が引くというのはこういう思いを指す言葉ではないでしょうか？

しかもその日に限って女学校で《勤労奉仕》の作業があり、夕方近く帰宅すると、長姉が、

「よっちゃん、お昼ごろ高田さんから電話があったのよ。何でしょうね、高田さんったら、《よっちゃんに有難うって伝えておいて下さい》って…妙にかしこまって言うのよ」

何も知らない姉はケロッとした感じで笑いながらそう言うのです。

今、私は「メメント・モリ」という言葉について、改めて深く考えさせられています。

《メメント・モリ＝常に《死》を想え》

いや、これはむしろ、逆に《今生きていることの喜びを噛みしめよ》の意味ではないのかと。そう思えてならないのです！

特攻隊員たちにとって、飛行機が届くまでの何ヵ月もの待ち時間…。その息苦しさ、恐怖…当時、わずか二十歳前後だった若者にとってそれは想像を絶するものがあったはずです。

彼らにとっては、あの残酷な待機の日々は《メメント・モリ＝死を忘れるな》ではなく、《死を忘れよ》とこそいわれるべきではなかったか？

《メメント・モリ》なる一語に初めて出会った時、私は《いかにも陽気で明けっぴろげなイタリア人っぽい言葉だなあ》と思ったものです。

享楽への戒め、としてその言葉は受け継がれてきたのではないかと思えたのです。

でも、今こうして自分自身、老境に入って痛切に感じるのは、私自身もはや九十の坂をとうに越え、夫を始め多くの友人知人、更にはきょうだいまでも見送って来た身、《死》は避けて通れない…。

それどころか、もう目前に迫っている！

「怖いですか？」

と聞かれたら

「そりゃあ怖いに決まってる！」

としか答えようがないけれど、それよりも、《自分に残されたこれからのわずかな日々をどんな風に生きれば納得してあちらに行けるのだろう》

私にとって今はそれが当面の課題なのです。

思案の為所《しどころ》というワケです。

今これを読んで下さっている方たちにもやがて確実にやって来るその日。もしも人生最期の瞬間、この《メメント・モリ》なる一語が、あなたを平穏な世界へと導いてくれたら…。本当に幸せなことだと、お思いになりませんか？

《生き残り》という生き方

実は私の夫は、戦時中、台北の料亭に《待機》していたあの時の特攻隊員の中の一人だったのです。

いわゆる《生き残り》です。

突然、終戦になってしまい、最後に残されたほんの一握りの中の一人として戦後を生き続けました。

しかし、《幸運にも生き延びた》などという感情はさらさらなかった。

ただ、失った多くの友を想い、申し訳なさに苛まれ続ける寂しい余生でした。

夫は、七十四歳の夏、食道ガンであっけなくこの世を去りました。

他界して、もはや二十年余りにもなりますが、青春真っただ中に多くの友人、そして長年の親友を失った彼の生涯がいかに悲惨なものであったか…。そこには、五十年近く連れ添ってきた妻の私にしか分からない彼なりの葛藤、そして苦悩があったのです。

最期に夫の遺した短歌…。家族の誰も知らない間に、それは病院のベッドの枕の下にひっそりと忍ばせてありました。

彼の想いのすべてを凝縮したような三十一《みそひと》文字。

普段は歌を詠んだりする、そんな素養など全くなかった人なのに、これだけはどうしても書き遺しておきたい！　そういう強い思いがあったに違いありません。

幾山河越えて戦《いくさ》の友がらと
空にて逢わむ五十年《いそとし》過ぎて
輝雄

見送った戦友たちへの申し訳なさ…。その十字架を生涯背負い続けて生きた一生でした。

心の底から楽しむことは遂になかったのです。

あの日、出撃してゆく親友の飛行機の操縦席によじ登り、エンジンの騒音でかき消されそうな中、夫は叫んだといいます。

「俺もすぐ行くからな！」

親友はまっすぐ前を見たまま何も言わず、ただ頷くのみだったといいます。
その後ひと月足らずで敗戦という形で終止符が打たれました。

今私は思うのです。
夫は決して生き残りはしなかったのだと。
親友と別れを告げたあの日で夫の一生は終わったも同然だったのだ…と。
以来、生涯を通してあらゆる華やかな世界から目を背け続けてきた人でした。
立身出世は勿論のこと、物欲も名誉欲も。

夫が亡くなってから、その遺品を整理していて、そのあまりの少なさに愕然とした私でした。

形として遺されたものは重い碁盤と碁石だけです。
それも以前、誕生日に囲碁の好きな夫のためにと私が買ってあげたものなのでした。
自ら求めて何かを楽しむ、という発想は彼とは無縁だったのです。
ゴルフなど、当然論外。
夫の一生はあの時の親友との別れの瞬間、共に終わっていた。
ある意味、夫の心は崩壊していたのかもしれません。

唯一、孫たちに対してだけは、心を解き放していたようで、会社からの帰り、当時幼稚園児だった二人の孫が電車の改札口でおじいちゃんの帰りを待っていると、買って来たケーキの小さな箱を高く翳《かざ》しながら足早に歩み寄る、その瞬間の満面の笑み。
そこにはごく普通の《おじいちゃん》としての幸せな表情だけがありました。

夫にとって自分の《死》は尋常とは言えなかった生き様《ざま》の果ての《幕引き》、だったのかもしれません。

それだけに孫たちの存在は夫にとって唯一自分が生きた証、と言えたのではないでしょうか。


もう一つ、和らぐ瞬間というか、心を解き放つことが出来たのは、仕事を終えたあとの晩酌でした。

お気に入りのウィスキーを自分で調合し、延々と長い時間をかけ、独り酒を楽しむのです。そんな時でさえ、不機嫌な日には私が何を話しかけても頑なに口を閉ざし続けているのでした。


夫にとっての《メメント・モリ》はどう解釈すべきだったのでしょう?

終戦のその前日まで、自分は親友に続いて当然死んでゆくものと、これはもう諦めの中でとっくに覚悟を決めていたはず。

そしてその友は終戦迄ひと月足らずという七月十九日に逝った。

あの《八月十五日》、日本の敗戦を知った時の夫の戸惑い、それは本人のみが知る苦しみの始まりだったに違いありません。

台湾・花蓮にて出撃前の特攻隊員たちの写真

まだ「死ぬ」という大仕事が残っていた

夫が亡くなった直後、枕の下から見つけた短歌の他に、密かに病床日記を付けていたことも知りました。

夫なりの《テレ》もあったものか、これまた病院のベッドの大きな枕の陰にこっそり忍ばせてあったのです。

それは入院直後から始まり、亡くなる少し前まで、半年近くも続いていました。

ほとんどが箇条書きに近い、その日の闘病記録のようなものでしたが、その中で私が思わず何度も繰り返し読んでしまった貴重な一ページがあります。

「私の病気は今日から始まりました、という人はいない。病魔は永い年月をかけて、いつの間にか忍び寄るのであろう。立派な食道ガンである。

現状維持するために、点滴栄養剤。極力食物摂取。

おかげで正月は家で迎えられそう。

昨日畳ヤに来てもらって畳オモテを替え、襖も張り替えた。庭の松も剪定、墓石も注文済みで《これで何も思い残すことはない》と思ったら、なんと！　まだ《死ぬ》という大仕事が残っていた。

これはタイヘンな仕事だと思う。誰でも一度は通る道である。

私に通れないことはあるまい。

心は意外と安らか。

一瞬、五十数年前、戦死した友人たちの顔が脳裡を過ぎる」

《メメント・モリ》…。

今私はここで再びこの言葉を万感の思いで反芻しています。

というかその受け取り方のあまりの違いに愕然としています。

人によって多少の違いはあるとは思いますが、例えば還暦前後の最も円熟した時期にこの言葉を耳にするのと、今現在の私のように九十の坂を過ぎ、我が身の枯れ衰えていくさまを日々刻々と自覚しつつあるさなかに向き合うのとでは、当然比較になるワケがない。

はなむけの言葉

私は最近になってよく思うのです。

この《メメント・モリ＝死を想え》なる一語、実際に死が目の前に迫っている私たち高齢者――いずれ近いうち消え去っていく老人たち…にとっては、むしろ《はなむけの言葉》とは言えないだろうか、と。

自分の死を、どう受け容れるか、それこそ人それぞれ、千差万別だとは思いますが、私自身は出来ることなら残されたごくわずかの日々を、一針一針刺繍でも刺すように最期まで愛《いと》おしみながら生きていきたい！

そう、終末のその瞬間まで、魂が輝いていられたら！　もう何も想い遺すことはない。そんな風に思えてならないのです。

いずれ来るべき《その日》を、ただ恐怖の中で待つ。

それだけ…だとしたら？

それではあまりにも悲し過ぎる。寂し過ぎる。残酷でもある。

夫はその点、自分の死について見事に客観的に捉えていたのだと思います。

よくぞ書き遺しておいてくれた、私は感動し、そして感謝しています。

しかも密《ひそ》かに日記の中に！《死と言う名の大仕事！》などと、まさに名言と言うべきではないでしょうか？

その意味ではこれは何ものにも勝る子々孫々への贈り物。

また、ある意味では彼自身、不幸だったかもしれないその暗い余生を自らの手で見事に塗り替えることが出来たという、立派な証でもあった、と言えるのではないか？　そう思えてならないのです。

あんなにも天邪鬼《あまのじゃく》を決め込んで、家族に背を向け続けて生きた、そんな夫だったのに、終《しま》いには死の恐怖を客観的に捉えて、《最後の大仕事》などと、ユーモラスにくくって見せた。

そんな夫に拍手を送りたいし、少なくとも死の瞬間、夫はむしろ心安らいでいたのかもしれない、とその健気さに頭の下がる思いがするのです。

自ら望んだ結婚だったはずなのに……

ここで告白しますが、夫の存命中、申し訳ない話ではあるのですが、私は自分の結婚を後悔することもしばしばなのでした。

夫の頑《かたく》なな生き様《ざま》が、戦争による、いわば被害者故《ゆえ》のもの…とは知り尽くしていても、やはり私にはそれをおおらかに包み込むほどの度量はなかった！

何を話しかけても口を噤《つぐ》んでいられるのが我慢ならなかった。

ひどい時には一週間も口をきいてくれなかったのです。

理屈では分かっていても、その不機嫌な表情を見てしまうと、私は自分が嫌われているとしか考えられなかった！

仕事に没頭して、その辛さから逃げたいと思うこともしょっちゅうなのでした。

その頃は自宅での音楽教室の経営も軌道に乗っていましたし、他にも趣味として文学や絵画などにも心を寄せ、日々の暮らしを心豊かに彩りたかった！

そしてそれを夫にも容認してほしかったし、出来ることなら一緒に鑑賞したりもしたかった。

でも夫は遂に生涯を通じてコンサート会場に足を運ぶことなどただの一度もなかったのです。

興味を示すことも全くなかったし、美術館にさえ一度も出かけてみようとはしませんでした。

華やかな場所への嫌悪、とでもいうのでしょうか。

でも仕事に対しては本当に熱心な人でした。

残業は当たり前の印刷業界。

しかも同僚たち、揃って酒豪と来ていますから、夜勤の後の小宴会は日常茶飯。

帰宅までの間に少しはさめるというものの、殆んどほろ酔いで帰ってくる日々だったのです。

それはそれで夫にとっては心安らぐ、幸せな日々だったに違いありません。

やがて、私自身も何とか折り合いを付けることが出来てきて、長い戦いにも似た葛藤の歳月をむしろ、いとおしいと思えるほどにさえなっていました。

そこにはやはり歳を重ねたからこそその、《諦め》も多分にあったと思います。そう、老いて心を折りたたむ術《すべ》を知る…というか、もうここまで来たら、自分の人生を後悔しようが嘆こうがどうにもならないのだと。

夫の方は相変わらず無口で、不機嫌を顕《あらわ》にしたような感じの日々が続いてはいましたが、印刷会社の方はもともと定年もない職場でしたから、これから先はのんびりと何とか穏やかな日々に向かい合える…と、ようやくそんな気持ちになりかけていたようでした。

滅多に言葉を交わすこともなかった私たちでしたけれど、長年暮らしを共にしてきた夫婦だからこそ感じ取れる、相手の心模様…。それが何となく伝わって来るのです。

もしかしたら、夫自身も今まで過ごして来た自分の人生を自省交じりに見つめ直し、遺された余生に淡い期待めいたものも感じ始めていたのではなかったか。少なくとも私自身は夫との距離が以前に比べて遥かに近く感じられるようにもなって来ていました。

「ねえ、生まれ変わることがあったら、私たち、また結婚しようね」

ある時、二人の会話の間にちょっとしたジョークが行き交うことがあって、一瞬驚いたものです。

細かいことは記憶にありませんが、私の手料理にちょっとしたイチャモンを付け、

「まあ、ばあさんなんだからしょうがないか？」

と、夫にしては珍しく軽口めいた揶揄《やゆ》を飛ばすのです。

私もすぐに何か言い返したのでしたが、あとから考えるとそれは私たち夫婦にとっ

ては特筆すべき一瞬だったかもしれません。

その時にはそれほどにも深い思い入れはなかったのでしたが…。
もしかしたら無意識のうちに、二人に残されたこれからの歳月をどう過ごすべきか。そこに思いを馳せる気持ちがお互い芽生え始めていたのかもしれません。

そんな矢先でした。
夫が突然病を得、それも余命も限られていると告げられたのです。
まさに青天の霹靂でした！

どうか夢であってほしいと祈る。
ただそれだけでした。
始めの頃はまだそれほど食も細くなく、普通に生活していましたから私が作る柔らかいおかずを美味しいと言って食べてくれていました。

次第に嚥下が難しくなり、やがて自宅での闘病も半分は点滴に頼るようになってしまいました。

医者をやっている息子に操作を教えてもらい、彼が勤めから帰るまでは、馴れない操作にドキドキしながら私がやることに…。

辛い日々でしたが、今にして思えば私たち夫婦にとって、それは神様から賜った珠玉の刻《とき》ともいえる、そんな時間だったのです。

斜めに起こした電動ベッドに上半身を委《ゆだ》ねた姿勢で、好きな囲碁の本に夫はよく見入っていました。

あんなに頑《かたく》なだった人とはとても思えない、それは優しい表情で。

熱々のお茶を入れ、二人でゆっくりゆっくり啜っていると、まるでこの世には私たちしかいないような、そんな静かな時が流れてゆきます。

あの、戦いにも似た壮絶な歳月…あれは一体何だったんだろう。

そういえば私たち、今迄こうして夫婦向き合ってゆったりとお茶を飲んだことってあっただろうか?

思わず涙ぐむ思いに囚われる私なのでした。

次の瞬間、自分でも驚く言葉が唐突に口をついて出たのです。

「ねえ、生まれ変わることがあったら、私たち、また結婚しようね」

何故かそれは、ごく自然な流れで発せられたのでした。

そう、この人しかない。

確かに、どう考えても他には浮かばないのです。

あんなに憎んだりもしたはずなのに。

夫は頓《とみ》に痩せて来て頬のこけた顔をそれでも優しく解きほぐすようにして、嬉しそうに「うん、うん」と頷いて見せてくれました。

唐突な私の言葉にさして驚きも見せなかったのは、恐らくその時すでに、夫も同じ思いでいたからに違いない。

今でも私はそう信じています。


あれから早二十四年経ちました。

私は九十三歳。

恐らくごく近い将来、私自身にも訪れるであろう最期の日。

いずれにしろ私の訃報は、そう遠くない日に、私の知己だった皆さんに届くことでしょう。

ここに至って私が最も恐れていること。

死に臨む時、いまわの際《きわ》の肉体の痛み苦しみは致し方ないとしても、死に至るまでの自分の意識がただ《恐怖》の慄《おのの》きだけ、というのでは辛過ぎます。憐れ過ぎます。

いみじくも亡き夫が病床日誌に記していたように、死は確かに一世一代の《大仕事》。

病床日誌に記されていたあの言葉から、もともと彼の中に潜んでいたに違いない《茶目っ気》の片鱗さえ見えてくる気がするのですが、本来の彼はジョークに満ちた、もっと図太い男だったのでは？

戦争が齎《もたら》した翳《かげ》りは名もない市井の男の生涯、そう、その性格さえも、何もかも変えてしまった！

そしてそれは半世紀の歳月を越えようと遂に払拭されることもなく！

しかし妻の私から見れば、彼のいまわの際は他の何人《なんぴと》とも比較のしようがないくらい穏やかで、そこに私が感じたのは《安堵の喜び》という、死とは真逆の空気だったのです。

そう、夫は

「ああこれで俺はようやくあの闊達な戦友たちと、同じラインに立つことが出来るのだ！」

という安堵、長年背負い続けた引け目から逃れて、清々しい思いに満たされながらその時を待っていたのではなかったでしょうか？

みんな逝ってしまった

それにしてもここ数年の間に、沢山の親しい人が私の前から消えていきました。

きょうだいもすでに半分は鬼籍に入り、幼い頃を偲ぶ話し相手も数少なくなってしまいました。

それでも何故か私は元気に生き続けている。

《二十歳までは生きられまい》と医者に宣告されたはずの、あの骨と皮ばかりだった、痩せっぽちの女の子が。

何よりも皆さん驚かれるのは、音楽講師として、今も自宅で小学生にピアノを教え続けていること。

その余暇には自ら編み出した逆さ歌という特技を、YouTubeに投稿し続けているという日々。

更には長年お声をかけて頂いてきたテレビ局からのオファーも相変わらず続いていて、有難いことに健康長寿を代表する形で番組への出演依頼も頂いています。

それでも私にとって、間もなく訪れるであろう自分自身の《死》、その瞬間を迎える時の心のありようを思うと、恐怖、いえ、それを上回る別離の悲しさが暗雲のように拡がるのです。

正直言って、怖い！　そして寂しい。

私の健康のことなど日頃から心配してくれている孫たちは、私が消えたらどんなに悲しむだろう、などなど。

でもそんな話をすると六十代半ばの一人息子は爆笑して、

「ええっ？…死んだあとのことまで考えてクヨクヨしてる奴なんて誰もいないよ、人間死んだらそれでオシマイ。俺なんかそんなこと、ただの一度も考えたことない！　大体そんなネクラな考え方で残り少ないこの先《さき》を生きるなんてもったいないよ、セコイあんたにも似合わない」

えっ！　そうなの？

以来、私はそんなことで長い間悩み続け、悲しんだりしていた自分はやはりヘンなのかなあと…。

こうなったら私の友人、それも九十歳を越えた、いわば《三途の川目前の》お仲間のヒトリ一人に、今の心境を聞いて回りたいくらい。

確かに人間《死ぬ》というのは一世一代の大仕事。

それも病に侵されるとか、意識がなくなっての果てならまだしも、ギリギリ最後の最後まで意識があったとしたら?

イヤだ!　怖過ぎる!

いまわの際まで輝いて生きていたい

友人の女性で、お父さまが気っ風のいい船大工だった方の話ですが、亡くなる寸前まで自分の容態を喋り続けていたそうです。

「まるで実況中継だったのよ。
《ああ耳が聞こえなくなった!》
《目が見えんようになってきた!》って」

私がそれを聞いたのはまだ若かった頃で、還暦にさえ手も届かない時分でしたから、全くの他人事。

ゲラゲラ笑い流して聞いていたものでしたが、死んでゆく自分を客観視出来るっていうのは、なかなかの大物ではないでしょうか？

ところで私の夫は「死」を人生の大仕事、と言い切ったのでしたが考えてみれば、人間この世に生まれ出る時の苦しみはもっともっと大きなものだったのでは？

記憶にないからこそ、普段、話題にも上《のぼ》らないけれど、呼吸も出来ないあの狭い産道を、堪《こら》えにこらえて通り抜ける、これはもう、想像を絶する苦しみだったに違いありません。

つまり、人間、始まりも終わりも《大仕事》だというワケ。

そんな苦しみを乗り越えてこの世に出、百年近くを生き、そして消えていく。

で、そのあとは《無》？

息子の言うように《死んだらそれでオシマイ》？


それはそれでいい。

だったら、生き続けられるギリギリのその日まで、私はこうして書き続け、逆さ歌を歌い、好きなお料理を作り続け、そして食べ続けていきたい！

そして何より、いまわの際まで輝いて生きていたい。

最近になって私は《メメント・モリ＝死を想え》をそんな風にも解釈している自分に気が付いたのです。

高齢を生きるということは、《死》を目前にして、常に死と対峙しながら生きている…いわば総仕上げ？　の日々、とも言えるのではないでしょうか？
心地よい眠りにつくにも似た心境で、その時を待つ。
いわば究極の《メメント・モリ》です。
つまり同じ《メメント・モリ》でもその場その場でこうも異なる解釈の仕方がある、と言うこと。
先日スマホを見ていたら、たまたまあの《宇野千代さん》のコーナーが出てきました。
ご存じ九十八歳まで現役で、輝き続けた千代さん。
彼女は時折、友人に仰《おっしゃ》っていたそうです。
「私ね、死なないような気がするの！」

それは宇野千代さんの持つ強さでもあり、限界まで輝き続けたその生涯の原動力でもあったはずです。

人間には一人ひとり確かに計り知れないエネルギーが潜んでいると思うのですが、それを存分に発揮出来るかどうかは、やはりその人の持って生まれた意志の力。

自信に満ち、キラキラ輝く生き方を貫き通した宇野さん。

最期の最後までお仕事に専念し、美への追求を続けたその生き方、本当に羨ましい！

宇野さんのような方は、《メメント・モリ》をどんな風に受け止められ、どんな解釈をなさったことでしょう？

出来ることなら黄泉《よみ》の国においでの宇野千代さんに今改めて問いかけてみたい気持ちです。

死んだらそれで終《おしま》い、ってワケじゃないんだよ。また別の部屋に移って生きられるんだから

それにしても、《メメント・モリ》という、たったカタカナ六文字の、それも外国の言葉が何故こうも深く、しかも長い間私の中に住み着いてしまったのか？

そう、もともと私はそういった人間の生死…。魂に纏《まつ》わる、いわばスピリチュアルな話に異様に興味を示すヘンな子供だったようで、それというのも私の父がその手の話をよく子供の私たちに聞かせてくれたせい、なのではないかと思います。

父は若くして一念発起、台湾に渡って、台北の目抜き通りに鉄筋コンクリートの家

を建てるまでになった人なのですが、実は故郷の鹿児島では貧しい小作農家の五男坊でして。

昔は農家と言えばすべての家督…田畑《でんばた》を含め、財産は長男のみが継いでゆくものと決まっていたのです。

考えた末、父は近くのお寺に入って修業を積み、僧侶になろうと決意。
最初は下働きの住み込みとして働き、その後三年ほど修業に勤めたのだそうです。

そのうち二十歳となり、訪れたのは、かの《徴兵検査》。
当時はこれが男の子にとってはいわば人生の岐路。
ここから職業軍人を目指す若者も数多く出たといいます。

お寺で共に修業を積んだ同僚たちが晴れて「甲種合格」を獲得、当時の軍国主義一辺倒の世相を背景に、熱い血潮を滾《たぎ》らせる薩摩隼人たちが凱歌を挙げる中、なんと！父一人だけが丙種…。つまり不合格だったのです。

身長・体重、共に基準に満たない小兵《こひょう》。これは仕方ないとして、不運なことに、幼少期に罹った結核の陰影《かげ》が残っていたらしいのです。

もともと勝気な父がその恥辱に甘んじていられるワケがありません。もう、やみくもに逃げ出す！それしか道はなかったのです。

そのあたりの話は数多いきょうだいそれぞれに聞かせていたらしいのですが、何故か興味を示して聞き入るのはこの私一人だけ、だったらしいのです。

そんな私を掴まえては、お寺での日常とか、よく思い出話をしてくれていたものでした。

私がまだ小学生だった頃、

「芳子、人間はね、死んでも、魂は生きてるもんなんだよ。

父さんは若い頃お寺に住み込んで働いていたんだけど、明け方まだ暗いうち誰かが門を叩く音で目が覚めるんだ。小さな声で、

『弔《とむら》い、お願いします』って。

（ああ、また葬式なんだな…）って、父さんにはすぐ分かったよ。

夜が明けたら家の人から正式に知らせがきてね。（ああ、やっぱり）って。いつもそうだった」

父はことほど左様に、霊感というか、予感というか、それは驚くほどの正確さで私

たちの目を見晴らせたものです。

例えば、台湾で大空襲があった日、私たち三姉妹が防空壕で震えながら敵機B29の通過するのを待っていると、父の姿がないのです。

「おとうちゃん！」

女学生の姉が半泣きで家に駆け込みました。

なんと、昼間っからお風呂にのんびり…。

当時台北ではお風呂の燃料はコークスでしたから、一旦沸かすと快適な温度を保ち続けるのです。

「今日は絶対この辺に爆弾は落ちない。父さんには分かる」

頑として言い張っていました。

そして、確かにその日は家のあたりに全く被害はなかったのです。

もし、徴兵検査に不合格というあの辱《はずかし》めを受けさえしなかったら、父はあのまま修業を続けて、仏教に帰依し、きっといっぱしのお坊さんになっていたのでは？　と今でも私はよく思うのです。

そんな父でしたから、自分自身を律するという点では誰にもヒケを取らない強さを持っていました。

戦後、すべての財産を失い、リュック一つで帰郷、貧乏の辛苦をなめ尽くす中、追い打ちをかけられるかのように病魔に取りつかれました。

それでも一徹なその精神力は父に愚痴をこぼすということを許さなかったのです。

そんな弱い父の姿はついぞ見る機会はありませんでした。

父は亡くなる少し前まで、医者である長兄のもとへ身を寄せていたのですが、私た

ち三姉妹が揃って病床にかけつけると、さすがに細々とした声ではありましたが
「いい子ばかりに沢山恵まれて、父さんほんとに幸せな一生だった」
そう言うのです。

亡くなる一週間くらい前だったでしょうか。

姉たち、ことに長姉は、男の子ばかり三人続いたあとに生まれて来た初めての女の子、しかもなかなかの器量よしでしたから、生前の父の溺愛ぶりは並大抵ではなく、妹の私が嫉妬したくなる程メロメロだったのです。

ですから長姉本人の悲しみようも尋常でなく、父に取り縋って赤ん坊のようにわあわあ声を上げて泣きじゃくっていました。

そんな姉に向かって、息も絶え絶えながら、父は最期の力を振り絞るように言うのです。

「和代、人間はね、死んだらそれで終《おしま》い、ってワケじゃないんだよ。また別の部屋に移って生きられるんだから」

そう言うのです。

「近くのドアを開けてそこに移り住む。そんなもんなんだよ。怖がることないからね。それより入れ歯を入れてくれ。これじゃ、じいさん臭くてイヤだ」

七十一歳でしたが、いかにも父らしいジョークを最後に聞けて、姉妹で笑いを堪えながら、涙の目を見合わせたものでした。

もうその姉たちも、数年前にそれぞれ別々の部屋の扉を開けて出て行ってしまいましたが。

最期の最後までユーモアを忘れなかった父。

そんな父について、私は《十人もの兄弟姉妹のうち、やっぱり父のDNAは私が一番沢山受け継いでいるなあ…》と、そう思えてならないのです。

その手のジョークを筆頭に、顔も、声も、体型も、そして思考回路もソックリ、歳を取るにつれ父の遺してくれたものがそのまま生き生きと私の五体を巡り続けている、そんな感じさえしてくるのです。

ですから今父に出会ったとしたら、例の《メメントモリ》の一語について、どんな解釈を示してくれるものか、それを真っ先に聞いてみたい！

そして父は心底、《死》を恐れていなかったのだろうか？　と言うことも。

私たちのために、敢えて毅然とした素振りで、父親としての威厳を演じて見せていたのでは？

本当は怖くて仕方なかった、「イヤだ～死ぬの怖いよお～」と泣き叫びたかったかもしれません。

人間、何時《いつ》その時を迎えても何一つ取り乱すこともなく静かに逝けるとしたら、どんなにか幸せなことでしょうし、そうありたいと誰しもが願うところです。

ただ、健やかに

一旦《死》の領域に足を踏み入れた後、蘇生したという人が語る、死に至るまでの記憶を集めた本の中では、その多くが、眩《まぶ》しい光のトンネルを潜ったこと、その時の、陶酔に近い幸せ感などを語っていますが、それだって実際に死んでしまったワケではないのですから、その経過の一部始終を完璧に語れる人は人類史上未だかつて誰一人として存在しないはずです。

それだけに、それがとてつもない恐怖であるのか、はたまた美しい音楽を聴くのにも似た、至福の《時の流れ》のようでもあるのか…。

父の言い遺したように、死は《消滅》ではなく、別の部屋のドアのノブに手をかけ、スイスイと移り住む、ただそれだけ、と思えば全然怖くない…確かにそんな気もするのです。

現時点でどんなに健康を誇っている高齢者でも、アラ還の皆さんが今の私たちの歳になるまでには、ほとんどいなくなり、多くの方がこの世に存在するなんてことはありません。

当然のことなのに私にはそれが何故か虚しくてそして悲しい。

ところで現在高齢者の皆さんは自分の死について、常日頃、私のようにあれこれ思い煩《わずら》うことはないのでしょうか?

それとももはや達観の域に達しておいでなのでしょうか？

そういえば以前、「ピンピンコロリ」という面白い言葉が流行《はや》って話題になったことがありました。

死ぬ間際までピンピンして働いていた人が、ある日突然コロリと逝く。周りに迷惑をかけることもなく。これぞ年寄りの理想の死に方と言うワケです。

今や日本は世界一の長寿国。

でもついこの間までは百歳というと、途方もない長生きと思われていて、かの《キンさんギンさん》が賑々《にぎにぎ》しくテレビに登場していましたよね。

今や百歳越えなんてザラ。

それも皆さんシッカリと、喋り、食べ、動き…つまり普通に生きているのですから。

かと思うと、もっと若い年齢でも、認知症だったり、脳卒中など、さまざまな障害で寝たきりとなり家族が介護につきっ切りという高齢者も少なくありません。

しかしそのどちらもご長寿ランキングという点では同じようにカウントされるワケで、その数が世界一だからといってそれが果たしてめでたいことと手放しで喜べるものなのでしょうか。

何が何でも生きたいのか？

少し前、美容室で髪を染めてもらいながら、置いてあった週刊誌に目を落としていたら、

「高齢者は《死に時》を逃してはいけない」

そんな題字が目に入って思わず吸い寄せられるように読んでしまいました。

筆者は確か救急医療に携わっておいでの方だったと思います。

「高齢者が救急搬送された場合、望まない延命治療を受けてしまうことも多々あるの

です。

治る見込みがほとんどないのに身体中、管《くだ》で繋がれ、苦しく痛い思いをしながら生き続ける。

《命を延ばしたい》かどうかは本人の気持ち次第だと思いますが、このままの辛い状態を我慢しながら生き続けても、完全な回復は望めないし、まして以前の生活に戻ることは不可能。

だったら高齢者としては、普段からそういう場合の対処について、前もって周囲と共有しておくことが大切だと思います。

それは現場で過度な治療をされ続け、苦しむ患者さんたちを見て来て感じることです。

家族と最期について事前に話をしていたら、本人も家族も、もっとスムーズに事は運ぶのではないか、と思うのです。

普段から話し合い、準備をして、安心して死ねると思えるからこそ、その最期の日まで心穏やかに生きられるのではないでしょうか」

ざっとこんな趣旨の内容でした。

確かにそうです。

そう思います。

かく言う私自身、昨年暮れに転んで骨折。一月《ひと》入院したのですが、当初は身動き一つ取れず、このまま寝たきりになったら、どうしよう。

どんなにか家族に負担をかけることになるだろう。迷惑な存在になるだろう!

と、不安でいっぱいでした。

そのためには何が何でも回復しなきゃ。

私は手押し車での、病院内での歩行を許可されたその日から、歩数計をポケットに入れ、消灯前の数十分間、病棟の廊下を往復したのです。

その時思いました。

こうして回復の見通しが見える場合はいいけれど、例えば脳卒中を併発していて、どうにもならない場合、私は延命治療をしてでもずっと生きていたいだろうか？　と。

それは究極の難問…だと思います。

しかも先ほどの救急医療従事者の方の述懐ですが、最後にこんな強烈な発言をなさっているのです。

「強引なもの言いになりますが、高齢で病気が進んだら《死に時》を逃してはいけません。死の瞬間を誤ることなく捉え、満ち足りた最期を迎えるためにはどうしたらいいか、何よりも《どう死んでいきたいか》を、前もって周囲に伝えておく必要がある」

と言うのです。

更には、

「死を見つめる本人も、看取る家族も思いは同じ。思いをより多くの人で共有することが幸せな最期を迎えること、大切な人の死を受け容れることに繋がります。現在の日本の《長寿社会》はこれから《多死社会》へと進んでいく。この国で《私たちはどう死ぬのか》これを人生最後の宿題として、まずは自己と対話することから始めませんか」

ざっとこんな内容でしたが、本当に心打たれる記事でした。

偶然目にした女性誌でしたが、繰り返し読みたかったので思わず紙面の一部分を書き残してしまいました。

それまでの恐怖一本鎗だった《死》に対する思いが何故か少し緩《ゆる》んだような気がしたものです。

そう、普段から家族ともよく話し合って、私自身、どう死にたいか？　食事も自力では取れず、胃瘻や点滴だけになっても、それでも生き続けたいか…そのあたりをもう少し考えてみなくちゃ、と。

誰とも会えなくなるのが怖い

ここでまた先ほどの《ピンピンコロリ》が改めて浮上してくるワケですが、自分がいつ、どんな死に方をするのか、誰にもその予測はつかない。

樹木が歳月を重ねて、自然と朽ち果てていく、そんな穏やかな死を…とは、誰しもが願う処でしょうが、これればかりは天の摂理。

ただ身を委《ゆだ》ねる他はありません。

そう、とにかく元気でいなくては、すべてが崩れ去ってしまう。寝たきり…。それも意識も薄れたまま?

それでもきっと私は生きていたい! と考えるのではないかと思うのです。

美容院で読んだ医療従事者の述懐に衝撃を受けた私でしたが、さて、それが自分自身のこととなると…?

我が家の場合は、恐らく…と言うより100%、管《くだ》を繋げての延命措置はやってくれないと思うのです。

医者である息子は、母親の私に向かって、普通なら言いにくいシビアな話でもズバズバ…。

それもジョーク交じりに平気で言ってのける、そんな男なので、何を言われようが覚悟を決めて…。というと何だか悲愴感が漂《ただよ》って憐《あわ》れに思われそうですが、もう馴れっこ。

孫たちも皆似たようなものなのです。

息子は言います。

「回復する見込みがあって、しかも意識がハッキリしてるのならともかく、医療介護の人や、家族の手を煩わせ、何本もの管《くだ》に繋がれてただ息をし、延々生き続けてるだけ。それってかえって辛いんじゃないの？　普通は管《くだ》を取り付ける前に、医者から家族に《どうしますか？》って相談があるはずなんだけど、我が家は満場一致で《管《くだ》は付けて上げませーん！》じゃないっすかねえ」

まあ確かに九十歳をとっくに越えているのだし、物理的な施療で、生かし続けてもらっても双方共に幸せとは思えない。

しかも私は幼い頃から病弱で、「二十歳まで生きられるかどうか」とさえ囁《ささや》かれていた身、お釣りの人生の方が遥かに長かったワケで、まさに釣銭もらい過ぎ。

それを考えると贅沢は言えないなあと思ってみたりもするのですが、やはり一人孤独の中でこの世から消えてゆかねばならないと思うとその瞬間がたまらなく寂しいし心細いのです。

そう、死、そのものが怖いワケではなく数多くの友人…そして仲のよい妹たち、孫やひ孫、そして今でも可愛い一人息子！　そう、とんでもなく我儘で自分勝手な奴なのに！

そんな彼らと永遠に会えなくなる！

それが悲しいのです。

怖いのです。

私、自分自身には厳し過ぎるくらいなのに、寂しがり屋でしかも極端な《心配性》…死に対する恐怖は人一倍。これを何とか払拭したい！
ずっとそう願ってきました。

真っ先に思いつくのは信仰の力でした。
私はそれほど信心深い、という程でもないのですけれど、それでも家で毎朝仏壇にお線香をあげる。

その程度の極めてささやかな、それもいい加減な自称仏教徒。

ですからその作法も私なりにアレンジ？　されたもので、夫や父、母、そして今まで鬼籍に入っ

た縁者の顔写真のずらりと並んだ額縁に向かって手を合わせ、時には声に出して個々の写真に呼びかける。

仲のよかったすぐ上の姉などには延々愚痴話をしたり。

つまり私の中では死は《消滅》を意味していないのです。

いずれは私も仲間うち…。

そうは思っても、この怖さはそう簡単に拭い去られるものではありません。


例えば…私が消えた後のこの世を想像してみる。

私の姿は消え失せているというのに、世間はちゃんといつも通りに回っていて、何事もなかったかのように人々は笑い、食べ、働き、眠りの日常を続けている。

私を思い出してくれる人って、いるのだろうか？

孫や、あの可愛い二人の曾孫《ひまご》たちは？

スマホのテレビ電話で時々この《曾《ひい》おばあちゃん》の私を呼び出しては、拙《つたな》い言い回しで話しかけてくれ、胸キュンの思いを何度も味わわせてくれたあの幼い子たちも、やがては成長し、いっぱしの娘となって、恋もするのだろう。

そんな中で、この私をたまには思い出してくれることってあるのだろうか？

その時、彼女らに思い浮かぶ《在りし日》の曾《ひい》おばあちゃんのイメージが《よれよれの見るも憐れな老婆》なんかでなく、《九十歳を過ぎても、シャキっとしてて、逆さ歌を歌ったり、自撮り棒で撮った動画をYouTubeにあげたり、とんでもなく愉快な、元気なおばあちゃんだった》！

そんな記憶の中で思い出してもらえたなら。いえ、是非そうあってほしい！

とにかく最期の最後まで崩れることなく元気でいたい！

そう、その時が来たら苦しむことなくポックリと死にたい。

つまり、究極の《ピンピンコロリ》！

同じような願いは人間である以上、年齢とは関係なく、還暦世代の若い皆さんだって同じなのではないでしょうか?

その証拠に、長野県佐久市に、通称《ぴんころ地蔵》というのがあって、正式名称は「長寿地蔵尊」なのですが、そこに掲げられている由来記によると、「健康で長生きし(ぴんぴん)楽に大往生(ころり)を願ってここに長寿地蔵尊として『ぴんころ地蔵』が建立されております」

そんな説明書きが記されていて、更にはお参りの仕方まで、「手を合わせ頭を下げ顔を見合わせ頭を撫でる」などと、ご丁寧に明記されているのだそうです。

参拝者は年寄りばかりとは限らず、老若男女の別なく、しかもかなりの賑《にぎわ》いをみせているのだとか。

お地蔵さまの頭を撫でる、これだけで心の平穏を保てるのなら、これはこれで立派な信仰ではないでしょうか。

新聞など写真で見るお地蔵さまの、何とも優しいふっくらした表情。きっと皆さんに撫でられて、丸い石の頭、ピッカピカに光ってるのでは？

私もそのうち、更なる長寿と《コロリ》を願って、お地蔵さまの頭、撫でに行こうかな？

そんなことを考えていた矢先のことです。

何気なくテレビを付けたら、たまたまＮＨＫのニュースが流れていて、国内の自殺者の年間統計数が報道されていたのです。その数のあまりの多さに驚いてしまいました。

しかも相変わらず圧倒的に若者の数は高齢者のそれを上回っている！

この歳老いた私が、「一日でも長く生きていたい！」と、願い、あれこれ思い煩《わずら》っているというのに、若くして自らの手で生命を断ち切るとは…よほどの軋轢があってのこと、とは思うのですが。

今迄の私の生涯、決して順風満帆だったとは言えないけれど、それでも自死を選ぼうなどとは一度も考えずにここまで来られた私。

それがどれほど幸せだったのか。

ひたすら感謝すべきではないのかと、思い知らされた、そんな一瞬でした。

ピンピンだからこそ死を考える

今の私といえばまさにピンピン！　と言えます。
お風呂の掃除も、家族のゴミ捨ても、時にはお料理も！
これはもう感謝以外の何ものでもないはずです。

「にも拘らず」、というか、「だからこそ」というか…死ぬ、その日の来るのがひたすら悲しいし寂しい！

願わくば、神様から授かった、この人生最後の何ヵ月か？　ひょっとして何年か…？　の終末の日々を人の手を借りることなく、竹がポッキリ折れるように、一瞬で死んで行けたなら！

死ぬことへの恐れ、…そう、これはもう立派な《ストレス》です。

そうした人々のためのメンタルトレーニングというか《心のエクササイズ？》みたいなものを考えて下さるような、奇特な心理学者さんっておいでにはならないのでしょうか？

ごく普通に考えれば、

★お寺に行って高僧のお説教を聴く。

★教会で牧師さんに聖書の中から心安らぐ一篇を選んで解説して頂く。

★末期に纏《まつ》わる心理学の類《たぐい》の本を探して読み漁《あさ》る。
★同年配のお友達と、悩みを打ち明け合い、思いを共有する。

などなど、少しでも恐怖から遠ざかる方法はあると思うのです。

今の世の中、健康や美容に関しては、《ナントカ体操》とか、《職場でのストレスを発散する極意》など、心のケアは書籍でもウェブ上でも氾濫しているというのに、こと高齢者…死にゆく我々向けのフォローというか、そういった、精神的なアドバイス、まして《死への心の準備》なんていうアプリはついぞ見かけたことがありません。

これは期待する方が間違っているのでしょうか?
《そんなトレーニングなどなさらなくても、あなた方、否応なし、すぐにも黄泉《あちら》のお国に召される方々なのですからね》と。

確かに！　じいさん、ばあさんたちの土壇場の寂しさや不安なんて問題にもならない話なのかもしれません。

死ぬこと、それ自体が怖ろしいのではない。
この世から消えてしまうという寂しさ。
そして人々との別れが辛いのです。

息子の言ではないけれど「そんなこと考える奴、誰もいないよ。死んだらそれでオシマイ」と一笑されるだけなのでしょうか？
と、そうは思いつつも、こうも身の周りで同級生が亡くなったり、知人の訃報が相次いだりすると、明日かもしれない《私のその日》が大きくのしかかってくる。

エピローグ

逆さ歌おばあちゃんの人生を元気に生きるコツ

エピローグ

ゴキブリ体操で、いざ生きめやも！

長い人生の中、どの世代のそれよりも、今の九十代の日々が一番輝いている。そんな気がしてならないのです。

そう、あの還暦前後の、腕まくりでもしたいくらい、やる気に満ちていた日々…それにも増して、です。

身体は若い頃のように自由には動かないけれど、アラ還の頃のあの《前進あるのみ！》の高揚感は今も失われていない、それどころか朝起きて部屋のカーテンを開ける。

その瞬間心が叫ぶのです。

《いざ生きめやも！》

残りが多かろうが少なかろうが私は生きる。

死ぬまで懸命に生きる！　人生、全うしなくちゃ！　最期まで自分に出来る何かを探して生きなきゃ！　と。

にも拘らず、最期の土壇場の瞬間を思うと…、やはり怖い！　どうしようもなく心細かったのです。

思えば今までの人生、私は自分のために色々なエクササイズを考案し実行してきました。

例えば、八十八歳の誕生日頃まで続けていた「三点倒立の逆立ち」。

何かクヨクヨすることに出会うたび、がっくり落ち込んでいた私でしたが、その都度、この「三点倒立逆立ち」にどれほど助けられたか！

《逆さに見る世界》…。その不思議な解放感…。それはどんな薬にも勝る心のトレーニングでした。

そうだ！　こうしたメンタルトレーニング、死ぬその日を何の恐れもなく受け容れられるような、そんなエクササイズを自分で考えればいいではないか？

そう思いついたのです。

実は私、今までにも色々と独自の健康法や体操を考え、それを実行してきました。今までテレビでの取材の折に、よく「あなたの健康法は？」と聞かれてきましたが、即座に答えたものです。

「《ゴキブリ体操》という名のオリジナル健康体操です。もう三十年以上も続けています」。

そういうと大抵の聴き手はびっくりするのですが、思えばアラ還時代にやり始めて、その後次々と試行錯誤を重ね今も毎朝十五分間をその《ゴキブリ体操》にあてているのです。

それも、同じやるなら、ゆるいのでなく、年齢の限界を越えるくらいにハードなものを！　と、歳を重ねるごとに己を叱咤《しった》激励してグレードアップしてきました。

所要時間はわずか十五分間ですが、その中身は濃く、例えば今でも腕立て伏せ二十回、V字開脚、スクワット。更には片足立ち。それも左右それぞれ三十秒を目標に。とか。

で、何故それらを《ゴキブリ体操》と名付けたのかといいますと、起床時、一旦ベッドから離れると、つい雑用に手が出てしまい、「あとで」になってしまいます。そこで、目覚めたら直ちにゴキブリの断末魔（仰向けに寝たまま手足をバタ付かせるあの動き）を実行。

その時、手足は勿論のこと指先、首、肩、顎、と動かせるものはすべて動かす。あとはもう一連の流れに添って、どちらかというとコミカルな、そしてリズムに乗った動きで進めていきます。

昨年の秋、些細なことから太ももを骨折し、

これでもうゴキブリ体操ともお別れか…と意気消沈したのでしたが、術後一週間も経たないうちに病院のベッドの上で、

「♪ゴキブリパタパタ
あたしゃまだまだ死にたくない♪」

というオリジナルソングをハモリながら、動ける方の足だけ使ってシッカリ運動を開始していたのでした。

さてここで再々度の《メメント・モリ》ですが。

若い頃メメント・モリは享楽への戒め、と。そして少し以前は怠惰な人への訓戒、とも受け止めていたのでしたが、この言葉の解釈は人生の流れに沿って、それこそ二転三転。

終わりに近くなって更に解釈の仕方が変わってきたような気がしています。
還暦の頃には考えてみようともしなかった《死》への思い。
アラ還の方々には、ほど遠い先のお話しではあるのですが。

その《死》を巡って、YouTubeなどには多くの医療従事者の方々がさまざまな角度から話されている動画が寄せられていて、思わず引き込まれ、見てしまうのですが、ただそのほとんどは例えば親の看取りとか、配偶者との決別、つまり《生きている側》からの視点で見る心構えとか、臨終時の医学的な肉体の変化とか…、つまり死にゆくものを《見送る側の立場》にある人へのメンタルヘルスがほとんどなのです。

確かにこれからすぐ消えてなくなる者への配慮など無意味であるのかもしれません。

人間《死んだらそれでオシマイ》、なのですから。

エピローグ

人生最期の三分間、あなたは何を思う？

でもここで私は敢えて《見送られる側》のメンタル作りに挑むことにしたのです。

今まで健康維持のために実行して来たナカダ発案のオリジナル・ゴキブリ体操のように。

人生最後の大仕事を恐怖に慄きながら成し遂げるのではなく、自分の人生を肯定し、怖がることなく消えていくための、心のエクササイズ…とでもいいますか。

それは、

《人生最期の三分間、

あなたは何を思う？》

というものです。

いわば、安らかな死を迎えるためのメンタルへルスでしょうか？

実はこれがまた、とてつもなく面白くて、予想以上に効果的だったのです。

「確実にあと三分後に死ぬ」と自分自身に宣告する。

三分間と限定してもタイマーでは味気ないので、自分の好きな音楽。

例えば、私の場合は川畠成道のヴァイオリン曲…ショパンの「ノクターン嬰ハ短調

遺作」など。

それが終わる時、自分の生命の灯も消える、…そう想定するのです。

始めの頃はただ頭の中が真っ白になった感じで何も考えつかないまま三分間を終えたこともありました。

それが次第に馴れて来て、例えば今朝の場合…。

★神様には確かに依怙贔屓《えこひいき》ってものがある。どんなにもがいても笑顔で生涯を送れなかった人もいれば、そんなに努力したワケでもないのに順風満帆、満面の笑みだけを残して死んでいけた人もいた。《実はこれは私の長姉のこと》。

私はまああの人生だったけど。

★私には曾孫もいるし、私の死んだあとも、ＤＮＡは永遠にこの地球上でバトンタッチされ続けるはず。だから私は永遠に生きていけるってワケ！

またある時は…。

★人間、どうしても好きになれない人っているもの。だからと言って自分を責める必要は全くなかったと思う。大好きだった人も、好きになれなかった人も、この先みんな一緒くた。同じ宇宙の塵となってどこかのブラックホールにでも溶けていくのだろうから。

★私、大失恋もしたなあ…あの時は悲しかったなあ。

でも逆に振った人もいたっけ。嫌いっていう感情は自分ではどうしょうもなかったもの。

そうそう、その時作った回文があった！

・何人か男泣かしたの。この確かなことを堪忍な

ナンニンカオトコナカシタノコノタシカナコトヲカンニンナ

などと、不思議なことに、私のその《最期の三分間》の発想は、いずれも決してネガティブな流れではなく、むしろ自分自身を揶揄したり、励ますようなものばかりなのです。

恐らく最後のその日まで私は折に触れ、《メメント・モリ》の原点ともいえる、この三分間メンタルトレーニングを繰り返し実行するのではないかと思います。

エピローグ

うかうか過ごすことなく、真摯に生きて

さて、アラ還の皆さんにはこの老婆の《メメント・モリ》考、どう受け止められたでしょうか？

私としては、そう、「命短し恋せよ乙女」ではありませんが、人生で最も輝き、しかもこの先、あなた自身の手で《生きる道》を選び取れる貴重なその時期を、どうかうかうか過ごすことなく、真摯に生きていってほしい！

そう願うのみです。

再度申し上げますが、今までの六十年間は単なるあなたの人生の《助走の時》だったのです。

ホイッスルは今鳴らされようとしています。

これからが本番、人生の幕開け！

お母さんのあの狭い産道を、息苦しさに耐えながら潜り抜け、この世に生まれた、その意味を今改めて噛みしめ、これからの残りの月日を美しく彩《いろど》っていって下さい。

今の私と同じ九十歳台になった時点で、後悔のホゾを噛むことなどないように。

そう、《メメント・モリ》という語は《死を想え》ではなく、むしろ《死を讃えよ！》と訳すべきなのかもしれませんね！

そう考えた時、私の中にあれほど蔓延《はびこ》っていた死への恐怖がいつの間にか霧散しているのを感じています。

エピローグ

「アラ還」という名の分岐点

人はそれぞれ環境の違いこそあれ、還暦（＝六十歳）というのは、極めて順当な《人生の区切り目》といえるのではないでしょうか？

というのも、私自身九十三歳というこの歳になってツラツラ己《おのれ》の来し方を顧みるに、つい昨日のことのようにも思える「還暦の日」が、自分にとってどんなに意義深いものだったかを、今改めて思い知らされているからなのです。

その頃の私といえばまさに働き盛り。

自宅で音楽教室を開き、大勢の生徒さんに囲まれて日々レッスンに勤《いそ》しんでいました。

そのまま何一つ思い煩わなかったとしても私の人生は順調に流れ、それなりの《老後》を迎えることが出来たに違いありません。

それまでは《還暦なんて全くの他人事。六十歳というのはただの通過点》としか思っていなかったのに、さてそれが自分のこととなると何故か気になって仕方なかった。

人生の区切り目としてしっかと刻み付けておきたい！

そんな思いにとらわれ始めたのです。

実はそれまでにも、自分が極めて衝動的な行動を取ってしまう人間であるということを自覚することがしばしばではあったのですが…。

なんとその時考えついたのは、六十歳の誕生日の朝、自分で車を走らせて九十九里の海岸まで行き、海から昇る日の出をビデオカメラで撮って来よう！　という、とんでもない発想なのでした。

ところが！

実は私、車の免許を取ったのはなんと、五十八歳の終わり。
つまりまだ免許取り立てホヤホヤだった…ってこと。
当然家族は猛反対です。
でも昭和ひとケタ生まれの私の意志は変わりませんでした。
生まれ落ちた時から戦争に翻弄され、空襲にも遭い、おまけに中二の時には、台湾から着の身着のまま引き揚げるという辛酸までなめさせられた。

最大の怨念は貧しさ故に大学進学を断念せねばならなかったこと。

それでも、自宅での音楽教室指導者の資格を取ってここまでやってきた、そんな自分自身への更なる檄《げき》！　と、ほんの少しの拍手。

それを何とか形にして残しておきたかったのです。

そして残されているこれからの自分の人生をより密度の高いもの、ただウダウダと過ごすなどということがないよう、肝に銘じておきたかったのです。

あの日から、あっという間の三十年間でした。

還暦というのはある意味、その人の本当の人生が始まる時、とはいえないでしょうか？

それまで、ことに女性は子育て、仕事、家庭の管理、夫の面倒見などで縛られていた人生から解き放たれ、自分の思うままの生き方を選べる、自分の足で好きな道を歩いて行ける…。

そんな時間を手にしながら、何もしないままで残された日々を過ごすなんて、もったいなさ過ぎます！

何たってまだまだ体力も残されているのですから。

そう、実はこの《体力》ってのが、最大の問題点なのです。

言えることは、よほどの手を打ったとしても、残念ながらこの先、あなたの体力グラフは個人差こそあれ、《下降線》を辿ることになる。

そのことを踏まえた上で、あなたに残された余白のこれからを、どう埋めていくか。

この際、ちょっと立ち止まって考えてみませんか？

少なくとも私の場合、還暦後の三十年間は、それ以前の六十年間に比べ、遥かに密度の高いものでした。

つまり自分自身の決めた生き方に添って、歩みを進めることが出来たからなのです。

残されたあなたのこれからの人生を、自分の手で設計する！

何だかワクワクしてきませんか？

本書は、近い将来いつかはやってくるであろう、親しい人たちとの別れの悲しみにおびえながらも、お若い方たちに、よりよい人生を歩んで頂きたいという切実な願いを込め、筆を進めて参りました。

もともと編集の三田智朗さんからは、私の現実の楽しい生き様を書いてほしいと依頼されたのでした。

でも、私は沢山の大切な人たちとの別れを体験したり、辛い想いを重ねたりと、必ずしも楽しいだけの九十三年間ではなかったので、少し暗いトーンになってしまった部分もあったかと思います。

だからこそ、これからの老後を、皆さんがそれぞれ幸せな笑顔で過ごされることを願い、更にはお一人おひとりがご自身の個性を活かし、笑顔の人生を全うされることを願いつつ、筆を擱《お》かせて頂きます。

2024年4月吉日

中田　芳子

よし、年寄り、良しとしよ
ヨシトシヨリヨシトシヨ

中田芳子（なかだよしこ）

音楽講師。ヤマハ・jet（全日本エレクトーン指導者協会）会員。

1931年台湾台北市生まれ。戦後15歳で帰国。

趣味の回文作りが昂じて、全国の市をモチーフにした『日本全国ご当地回文』（太田出版）を2008年に出版。

戦争の悲しさ、愚かしさをすべて語り尽くした『14歳の夏』（メディアパル）を2012年に出版。

さらに、特技の逆回転コトバから「逆さ歌」を考案し、NHKをはじめ各局TV・ラジオに出演し、活躍する。

自身のYouTubeチャンネルでは、エレクトーンを弾きながら逆さ歌を披露している。

全64曲（2024年４月現在）を配信。

逆さ歌おばあちゃん　九十三歳　「人生これからだワ！」

2024年7月5日　初版第1刷発行

著者　中田芳子

イラスト　和全（Studio Wazen）
本文デザイン＆カバー　株式会社明昌堂
写真　株式会社トータルクリエイツ代表取締役　坂口康司

発行者　石井悟
発行所　株式会社自由国民社
〒171-0033　東京都豊島区高田3丁目10番11号
電話　03-6233-0781（代表）
https://www.jiyu.co.jp/

製本所　新風製本株式会社
印刷所　奥村印刷株式会社
編集担当　三田智朗